# 飛べ！マジカルのぼり丸

作／斉藤洋　絵／高畠純

講談社

あしたはこどもの日《ひ》という朝《あさ》に、ベランダからおもてをながめると……。

あっちでも、こっちでも、そっちでも、どっちでも、空《そら》を
とんでいる巨大《きょだい》な魚《さかな》たちがいる。

こいのぼりだ！

でも、うちのベランダに目《め》をやれば、フェンスの手《て》すりにくくりつけられたぼうに、特大《とくだい》ペットボトルサイズの、新聞紙《しんぶんし》でできたこいのぼりがひとつ、ゆらゆらと、だらしなくぶらさがっているだけ。

それは、パパが作《つく》ってくれたものだけど、とちゅうであきちゃったらしく、色《いろ》はぬってない。

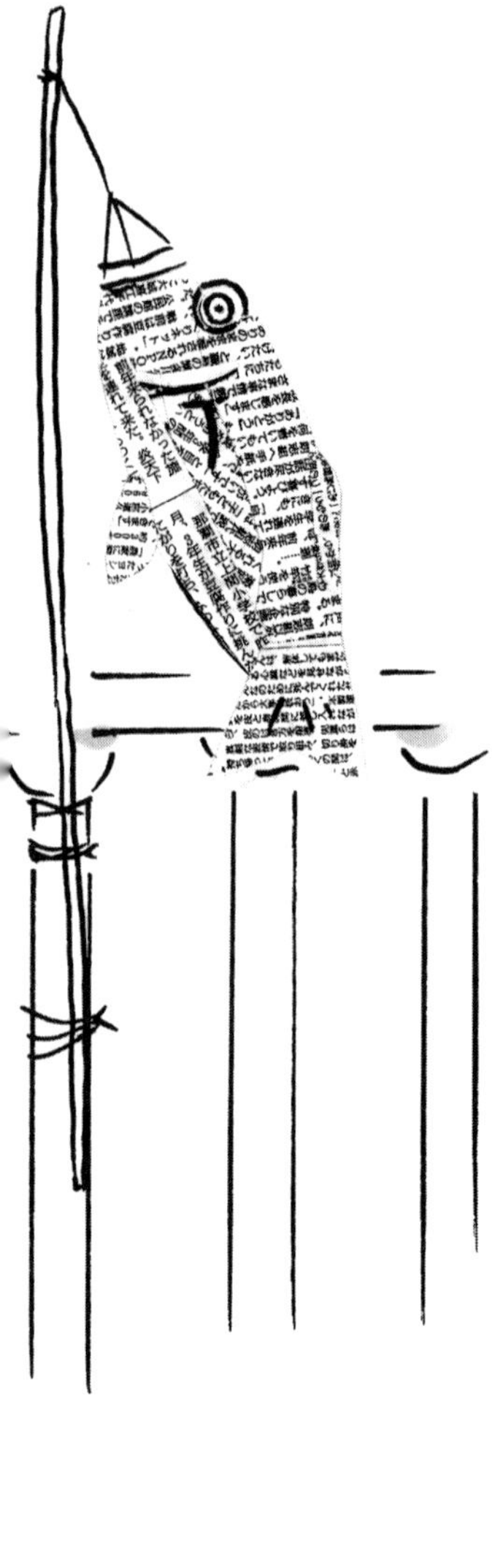

「うちは、マンションだから、庭《にわ》がない。だから、しょうがないじゃないか。」

とパパはいうけど、なっとくできない。それで、ぼくはおじいちゃん、つまりママのパパに電話《でんわ》をかけた。

「もしもし、おじいちゃん。こどもの日《ひ》に、こいのぼりがないなんて、さびしすぎるよーっ！」

するとおじいちゃんは、

「たしかに、たんごのせっくは男《おとこ》の子《こ》のおまつりだ。それにふさわしいかざりがなくてはならない！」

といって、大《おお》きなにもつをおくってきた。

あけてみると、それは〈子《こ》ども用《よう》よろい・かぶとセット、大小刀《だいしょうかたな》つき〉というものだった。

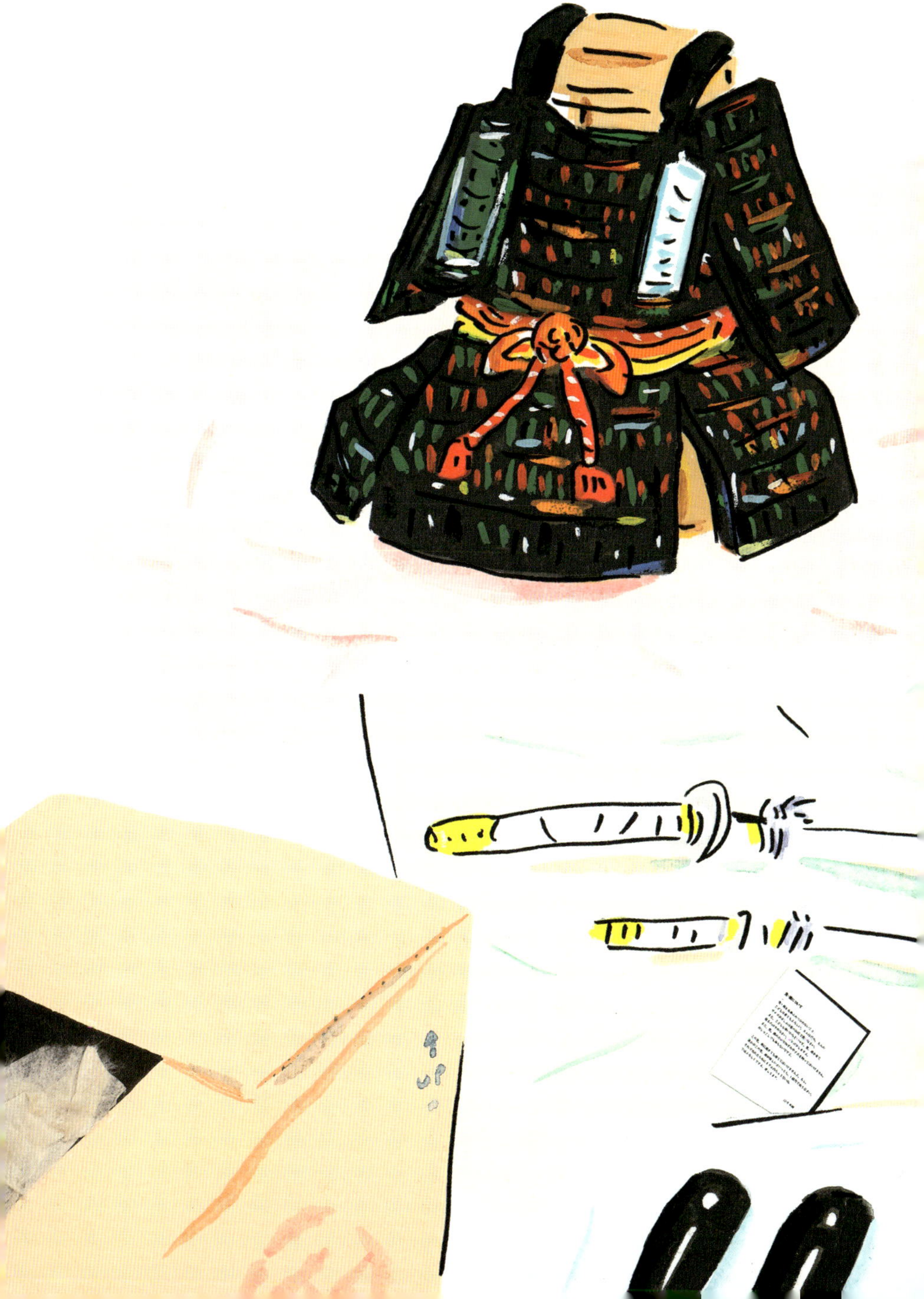

「これなら、かざれるだけではなく、ちゃんと身《み》につけて、外《そと》にあそびにいけるぞ。」

と書《か》かれたメッセージカードがついていた。

それをよんだママは、

「かざれるだけではなく……って、どこにかざるのよ……。」

といって、ためいきをつき、パパはなにもいわずに、ためいきだけついた。

けっきょく、よろいは、ぼくのへやのたんすのよこをかたづけて、場所《ばしょ》を作《つく》り、そこにかざることになった。

かぶとは、おき場所《ばしょ》がないので、たんすの上《うえ》にのっている黒《くろ》い大《おお》きなまねきねこの頭《あたま》にかぶせた。

千万両

かぶとやよろいはかっこうがいいけど、じっさいに身《み》につけて、外《そと》になんか、あそびにいけっこない。

やっぱりぼくは、どっちかっていうと、ちゃんとしたこいのぼりがいい。

そんなふうに思《おも》いながら、ベランダから、あっちや、こっちや、そっちを見《み》おろし、空《そら》にひるがえる巨大《きょだい》こいのぼりをながめていると、だれかがうしろから声《こえ》をかけてきた。

「わがとの、合戦《かっせん》でござるぞ。おしたくを！」

ふりむくと、
ぼくのへやの
たんすのてまえに、
手《て》にかぶとをかかえた
黒《くろ》いまねきねこが
おちている……、
っていうより、
ちゃんとすわっている
ところを見《み》ると、
たんすから
おりてきている……

といったほうがいいかもしれない。

ぼくと目《め》があうと、まねきねこはひげをぴくりとふるわせて、

「おしたくを！　お手《て》つだいいたしますぞ！」

といったのだけれど、いつもは小《こ》ばんをかかえて、赤《あか》い首輪《くびわ》をしているだけなのに、きょうにかぎって、おかしなきものをきている。

ぼくは思《おも》わず、きいてみた。

「うちのまねきねこみたいだけど、きみ、だれ……っていうより、なにもの？」

「なんと、毎日《まいにち》、いっしょにくらしていながら、『きみ、だれ？』とはなげかわしい。いわずと知《し》れた武蔵坊弁慶《むさしぼうべんけい》でござる。」

まねきねこはそういいはなつと、

「わっはっはっはっはっ！」

といみもなくわらい、せなかにしょっているなぎなたやら、弓《ゆみ》やら矢《や》やら、でっかいとんかちやら、のこぎりをゆっさゆっさとふってみせた。そして、ぼくを手《て》まねきして、よろいのそばによんだ。

さすがにまねきねこだけに、手《て》まねきはうまい。

それで、ぼくがそばにいくと……。

ぴょんとはねて、かかえていたかぶとをぼくの頭《あたま》にのせ、

「しばし、じっとしておられよ、わがとの。」

といって、とんだり、はねたりしながら、たんすのよこのよろいをたちまちぼくにきせ、大小《だいしょう》の刀《かたな》をぼくのこしにさしてしまった。

気《き》がつくと、かぶとのひももしめてある。

すっかりぼくのしたくができあがると、武蔵坊弁慶《むさしぼうべんけい》と名《な》のったうちのまねきねこは、

「ほれ、あのように馬《うま》のしたくもできておりますぞ。しゅつじんでござる！」

といって、ベランダを指《ゆび》さした。

すると……。

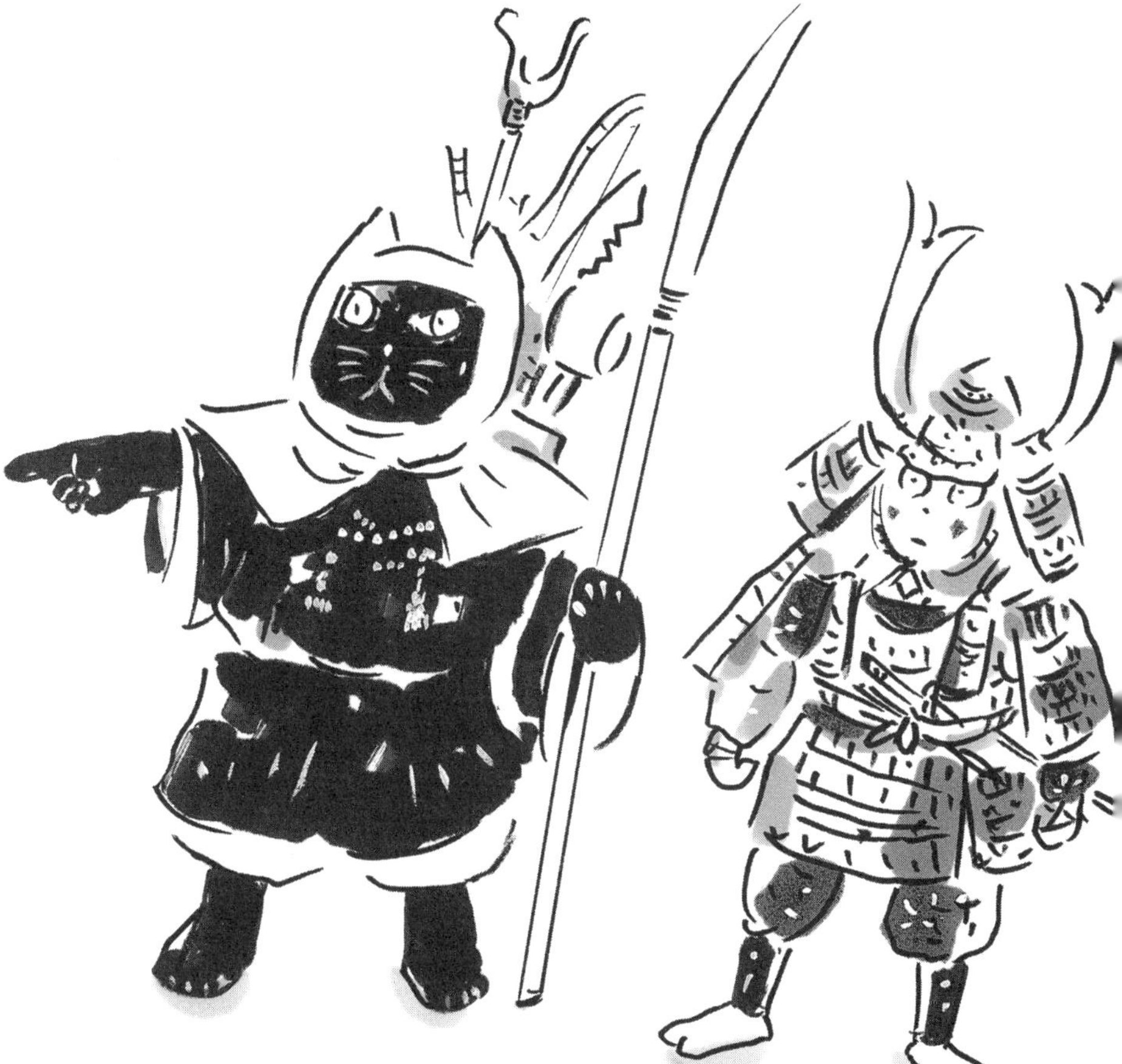

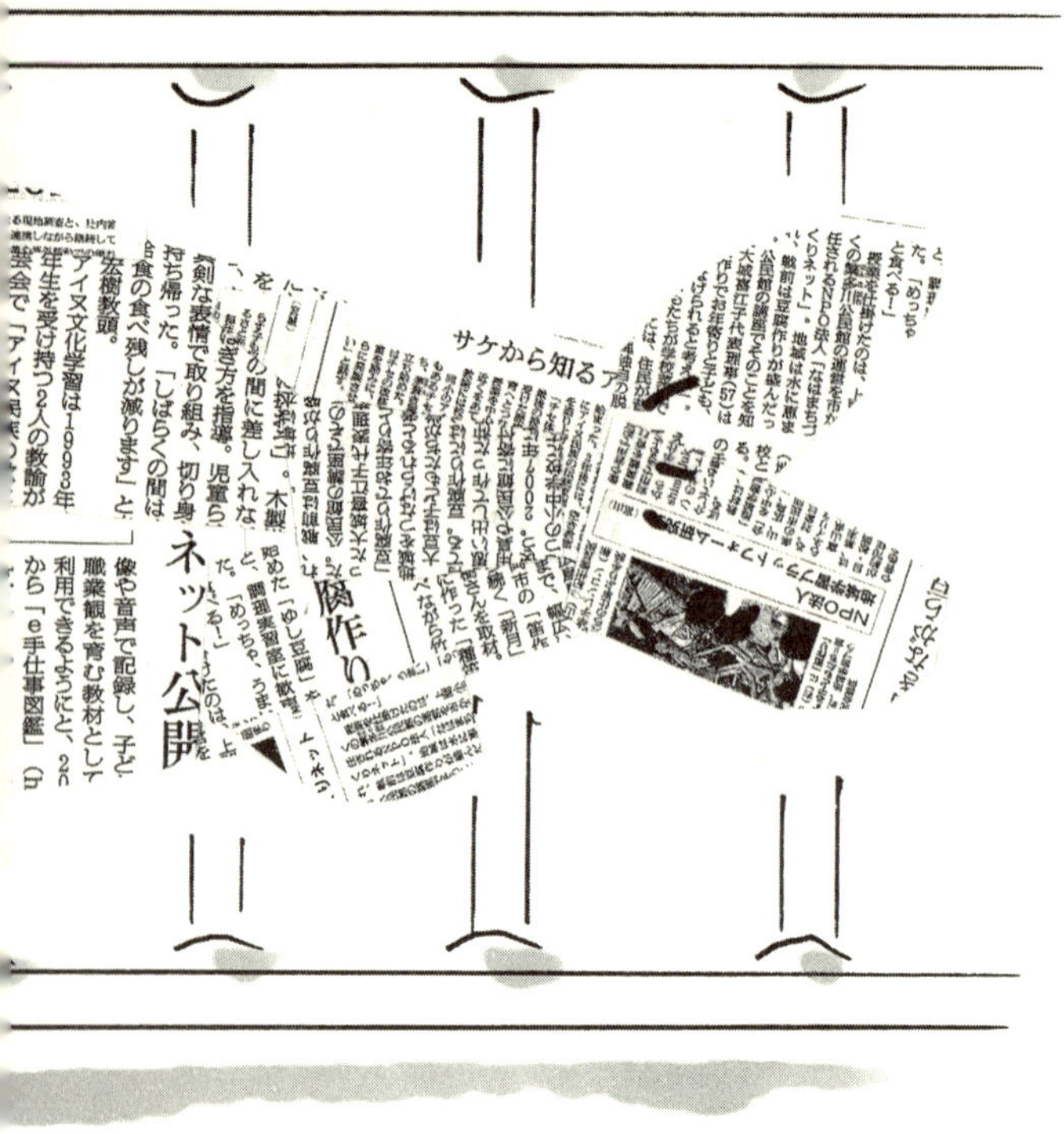


なんと、白《しろ》っぽい、大《おお》きなこいのぼりがベランダにひかえているではないか。おびれをゆっくり左右《さゆう》にふっている。

けれども、よく見《み》ると、新《しん》聞《ぶん》紙《し》でできている。

まちがいない、それはパパが作《つく》った新聞紙《しんぶんし》のこいのぼりがマジカルに巨大化《きょだいか》したものだ。

新聞紙《しんぶんし》の巨大《きょだい》こいのぼりは大《おお》きな目《め》をぐるりとまわして、どういうわけか、

「ヒヒーン！」

と馬《うま》みたいに、いなないた。

　ここまでしたくをしてもらっては、もう巨大《きょだい》マジカル新聞紙《しんぶんし》こいのぼりにまたがって、しゅつじんするしかない！

ぼくはかくごをきめて、大《おお》またでベランダに出《で》ると、さっそうと巨大《きょだい》マジカル新聞紙《しんぶんし》こいのぼりにまたがった。そして、大《おお》きな声《こえ》でいいはなった。

「いざ、しゅつじんだ！　弁慶《べんけい》、おくれをとるな！」

「ははーっ！」

とへんじも高《たか》らかに、まねきねこの武蔵坊弁慶《むさしぼうべんけい》はぼくにかけより、巨大《きょだい》マジカル新聞紙《しんぶんし》こいのぼりの口《くち》のひもをにぎると、さっとジャンプして、ベランダの外《そと》におどりでた。

「のぼり丸《まる》！　ゆめゆめ、とのをふりおとすな！」

と、そのとき弁慶《べんけい》がいったところを見《み》ると、巨大《きょだい》マジカル新《しん》聞紙《ぶんし》こいのぼりの名《な》まえはのぼり丸《まる》らしい。

巨大《きょだい》マジカル新聞紙《しんぶんし》こいのぼりどころか、ぼくはポニーにさえ、またがったことがないのに、口《くち》のひも、いや、たづなをもった弁慶《べんけい》のリードがうまいのか、もともと巨大《きょだい》マジカル新聞紙《しんぶんし》こいのぼりののぼり丸《まる》がいい馬《うま》……じゃなかった、いいこいのぼりなのか、そのあたりのことははっきりしないけれど、ぼくはのぼり丸《まる》にふりおとされることもなく、弁慶《べんけい》といっしょに青《あお》い空《そら》にまいあがった。

すっかりごきげんになって、ぼくは大声《おおごえ》でさけんだ。

「しゅつじんだーっ!　いけーっ!」

でも、さけんでしまってから、ぼくは思《おも》った。

だけど、どこへ……?

いったいどこにいったらいいのか、ぼくが考《かんが》えているあいだにも、弁慶《べんけい》はのぼり丸《まる》のたづなをにぎり、大空《おおぞら》をかけぬけていく。

　下《した》を見《み》れば、ぼくたちの町《まち》がおわり、あおあおとした田《た》んぼがひろがりはじめている。田《た》んぼをぬって、くねくねとながれる小川《おがわ》の水面《すいめん》が朝日《あさひ》にきらきらかがやいている。

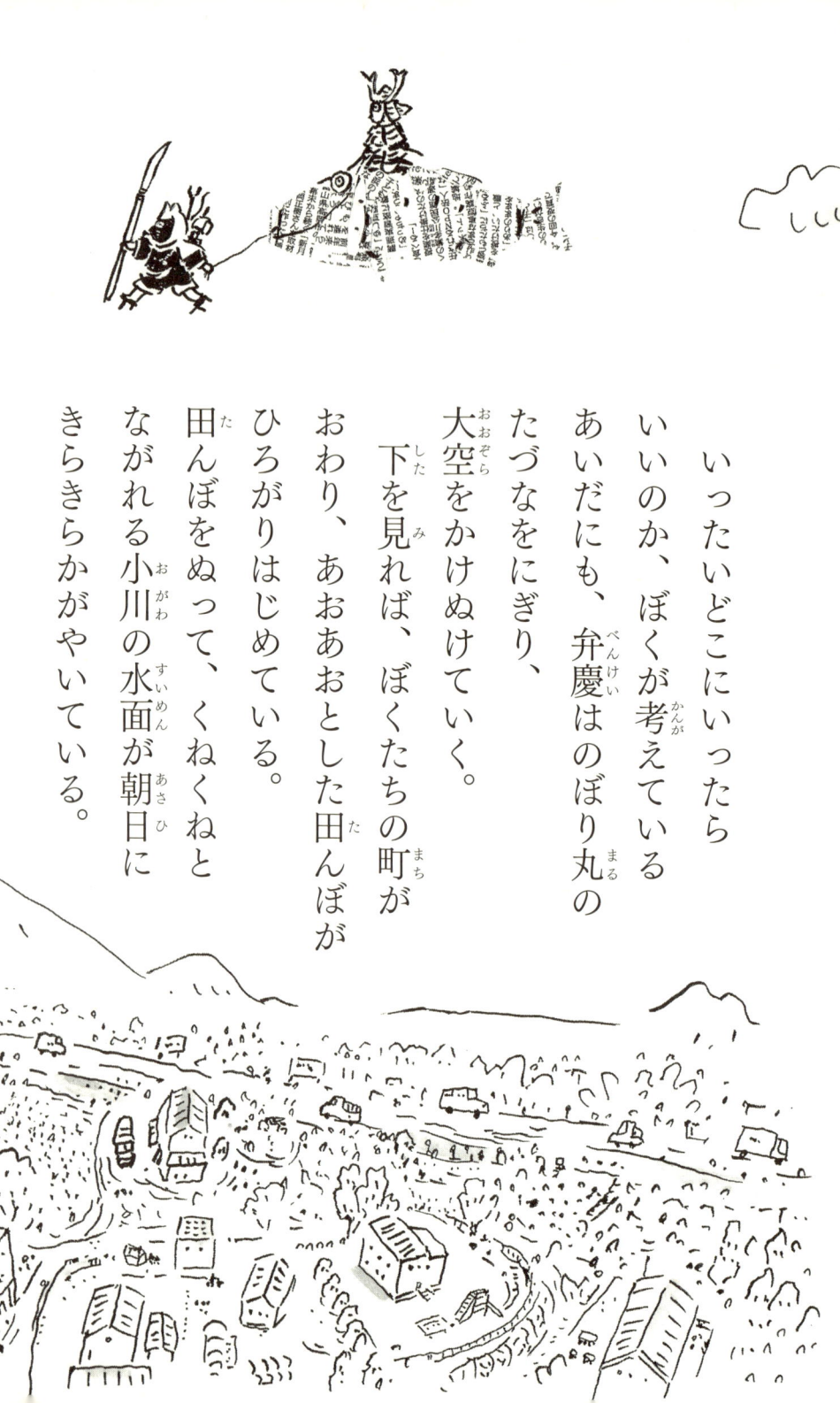

ふとまえを見《み》ると、
いつのまにかまっ白《しろ》い雲《くも》が
わきあがっている。その白《しろ》の中《なか》に
赤《あか》いものがちらりと見《み》えた。
「あれはなんだ。弁慶《べんけい》。」
ぼくがそういうと、弁慶《べんけい》は
たづなをもったまま、
空中《くうちゅう》でジャンプした。
のぼり丸《まる》がぐっと上《うえ》をむく。
そのまま空《そら》を
あがっていくと……。

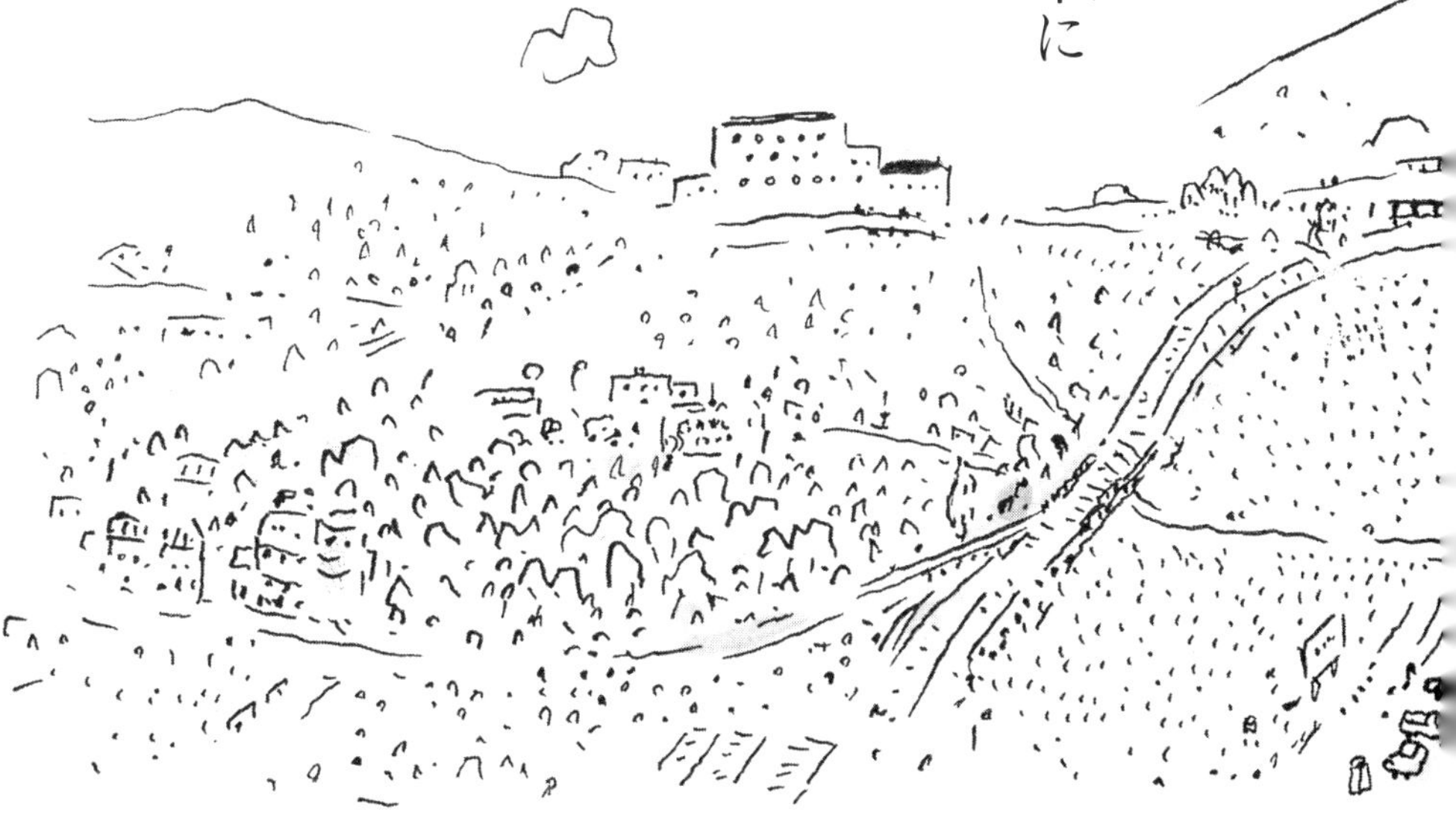

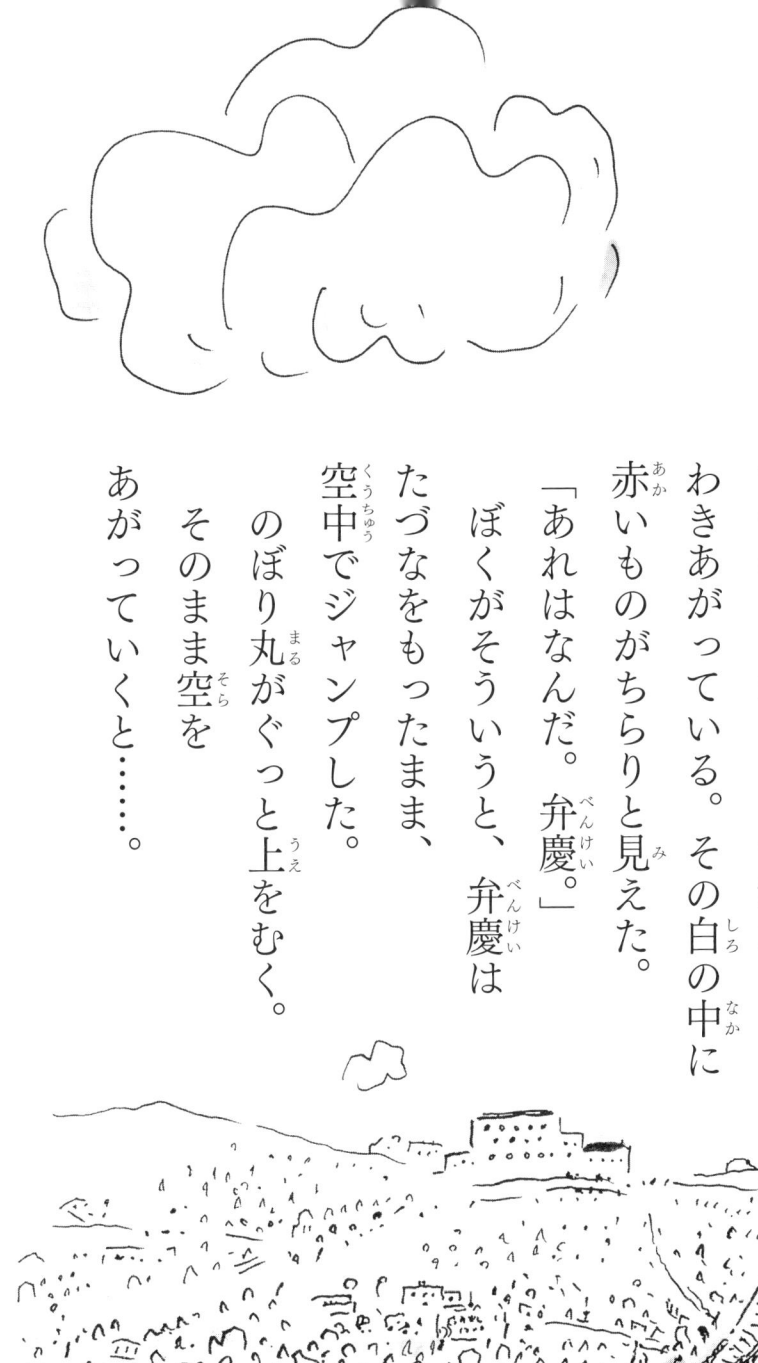

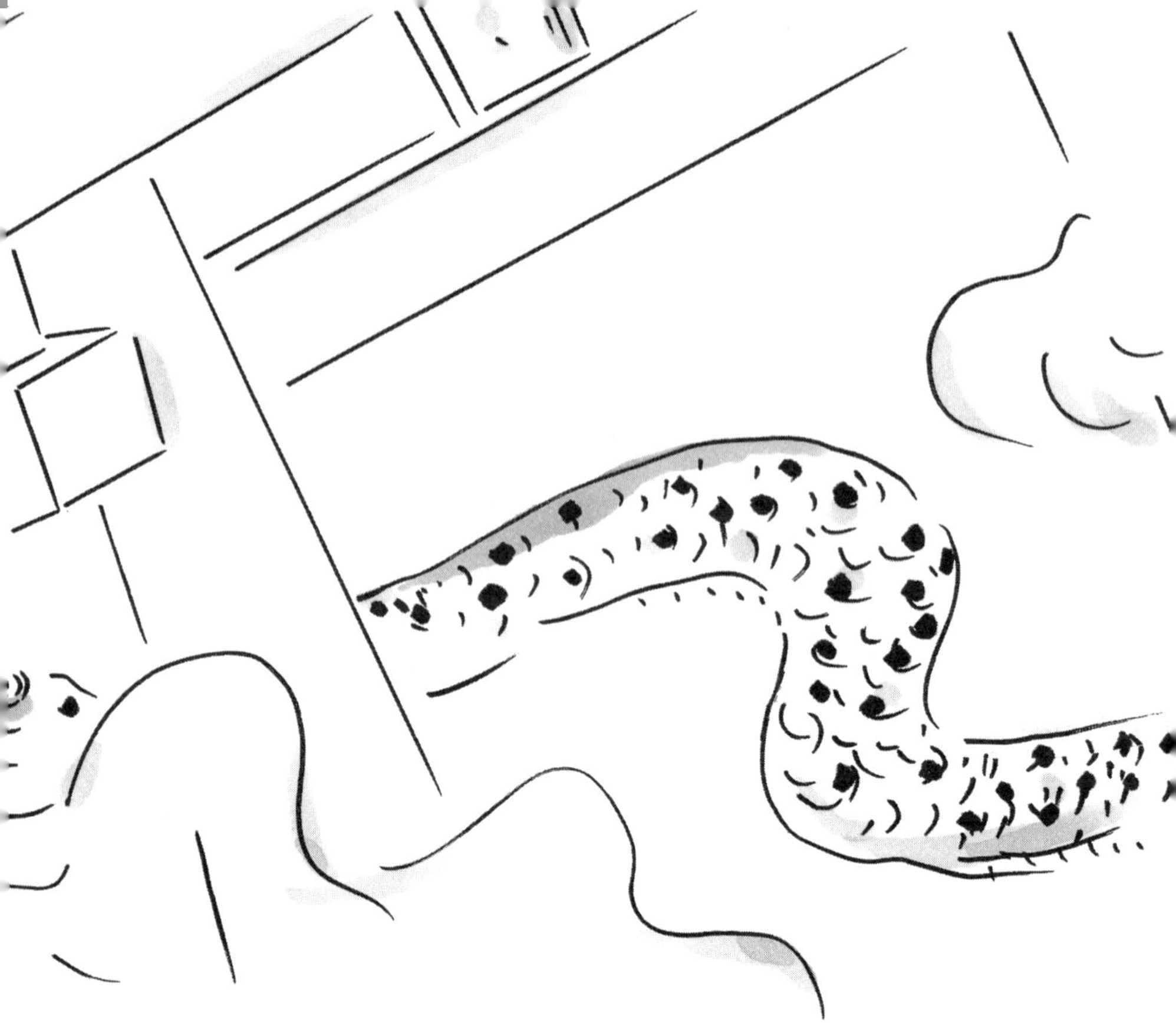

「あれこそ、〈正月大空《しょうがつおおぞら》神社《じんじゃ》〉でござりまする！」
　弁慶《べんけい》はそういったが、そのときにはもう、ぼくにはそれが神社《じんじゃ》だということがわかった。なぜなら、ちらりと見《み》えた赤《あか》いものは、大《おお》きい鳥居《とりい》だったからだ。でも、それが鳥居《とりい》だとわかったつぎのしゅんかん、うねうねと

まがりながら、その鳥居《とりい》をくぐっていくものが目《め》に入《はい》った。

なんと、それは、色《いろ》とりどりに、うろこをかがやかせた長《なが》いへびではないか。

「かいじゅうみたいにでかいへびが鳥居《とりい》をくぐっていくよ。」

ぼくがそういうと、弁慶《べんけい》はふりむいて、うなずいた。

「あの大蛇《だいじゃ》こそ、〈初《はつ》もうで蛇《じゃ》〉でござりまする。」

「初《はつ》もうでジャ……って？」

ぼくのことばに、弁慶《べんけい》はもう一度《いちど》うなずいた。

「さようでござりまする。初《はつ》もうで蛇《じゃ》の蛇《じゃ》は、大蛇《だいじゃ》の蛇《じゃ》、つまりへびという字《じ》で、あれは初《はつ》もうでをする大蛇《だいじゃ》でござる。」

ぼくはおそるおそる弁慶《べんけい》にたずねた。

「じゃ、あの初《はつ》もうで蛇《じゃ》がぼくたちの合《かっ》戦《せん》のあいて？」

なぜ、おそるおそるかというと、いくらなんでも、あんな大《おお》きなへびがあいてじゃ、ちょっと勝《か》ち目《め》はないと思《おも》ったからだ。うろこの一まいだけでも、ぼくより大《おお》きそうだ。

「いえ、あれはただ初《はつ》もうでをしているだけでござるから、合戦《かっせん》のあいてではござりません。へたに手《て》を出《だ》すと、とんで

もないことになりもうす。見物《けんぶつ》するだけにいたしましょう。空《そら》をとんでいて、とんでもないことになるなんて、しゃれにもなりませんぞ。すぐ近《ちか》くをとおりますから、初《はつ》もうで蛇《じゃ》のうろこの一《いち》まい一《いち》まいをよくごらんくだされ。」
そういって、弁慶《べんけい》は鳥居《とりい》にむかって、すすんでいった。
赤《あか》い鳥居《とりい》と、それをくぐって神社《じんじゃ》のやしろにむかう初《はつ》もうで蛇《じゃ》が大《おお》きくせまってくる。

赤《あか》い鳥居《とりい》の上《うえ》まできて、
ぼくはのぼり丸《まる》のせなかから
身《み》をのりだして、下《した》を見《み》た。
　赤《あか》や黄色《きいろ》や青《あお》や緑《みどり》、
それから、ところどころ
金色《きんいろ》や銀色《ぎんいろ》にかがやく
初《はつ》もうで蛇《じゃ》のうろこの
一《いち》まい一《いち》まいをよく見《み》れば、
どれもこれも、
ふりそでのきもので
できているではないか！

長《なが》い参道《さんどう》のむこうのやしろのまえで、初《はつ》もうで蛇《じゃ》は右《みぎ》にまがり、そのさきの白《しろ》い鳥居《とりい》をくぐって、外《そと》に出《で》ていこうとしている。

「いったい、これから初《はつ》もうで蛇《じゃ》はどこにいくんだろう……。」

なんとなくぼくがそういうと、弁慶《べんけい》は、

「初《はつ》もうでがすぎれば、つぎは成人式《せいじんしき》でござる。初《はつ》もうで蛇《じゃ》はこれから、成人式《せいじんしき》にいくのでござる。」

とこたえ、

「いくぞ、のぼり丸《まる》！」

と声《こえ》をかけ、赤《あか》い鳥居《とりい》からとびあがった。

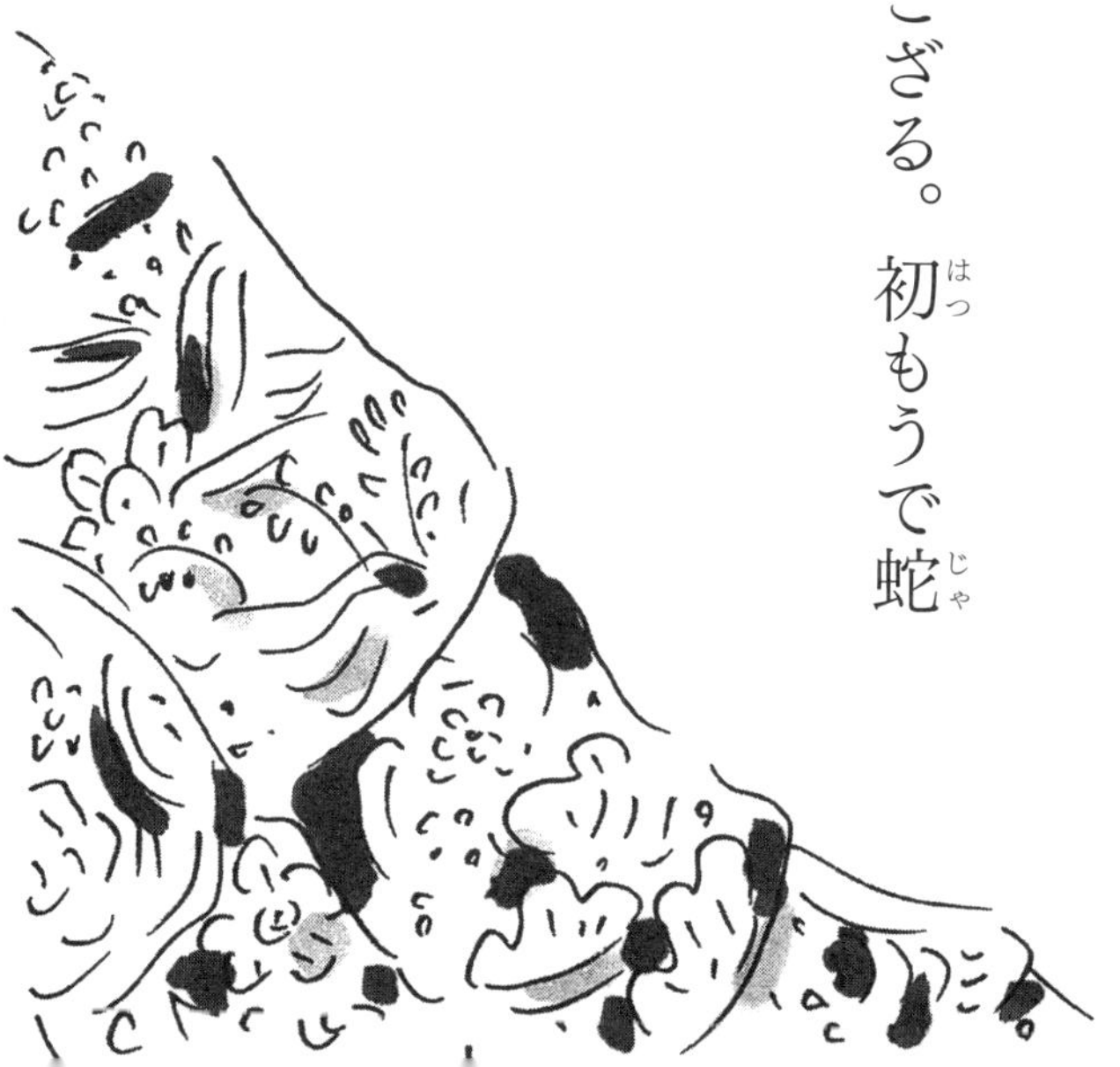

弁慶《べんけい》とのぼり丸《まる》と、のぼり丸《まる》にまたがったぼくは大空《おおぞら》をかけぬけていく。

しばらくしてふりむくと、白《しろ》い雲《くも》の上《うえ》に、正月大空神社《しょうがつおおぞらじんじゃ》の赤《あか》い鳥居《とりい》が小《ちい》さくぽつりと見《み》えた。

そのとき、まえのほうから、

「わーっ！」

と、おおぜいのさけび声《ごえ》がきこえてきた。

はい色《いろ》の雲《くも》がいくつも、左《ひだり》から右《みぎ》にすすんでいく。そのいくつもの雲《くも》か

ら、声《こえ》がひびきわたってくるのだ。

ぼくは弁慶《べんけい》のせなかにむかって、声《こえ》をかけた。

「弁慶《べんけい》。雲《くも》にのって、さわいでいるのはだれだ？」

弁慶《べんけい》は立《た》ちどまり、ふりむいて、こたえた。

「あれは鬼《おに》たちでござる！」

雲《くも》にのってさわいでいるのだから、ただものではないとは思《おも》ったけれど、そうか、鬼《おに》だったのかあ……。

ぼくはなんとなく
そう思《おも》ったけれど、
考《かんが》えてみれば、なんとなく
そんなふうに思《おも》って
いるばあいじゃない。
もし、ぼくたちの合戦《かっせん》の
あいてが鬼《おに》だったら、
やっぱり合戦《かっせん》しても、
勝《か》ち目《め》はないに
ちがいない。しかも、
鬼《おに》はひとりじゃない。

おおぜいで、まだだいぶきょりがあるから、はっきりしたことはいえないけれど、ひとりひとりの鬼《おに》はだれも、プロレスラーくらい、体《からだ》が大《おお》きいにきまっている。

またもや、ぼくはおそるおそる弁慶《べんけい》にたずねた。

「ねえ、弁慶《べんけい》。ひょっとして、あの鬼《おに》たちが合戦《かっせん》のあいて？」

「ちがいまする！」

と弁慶《べんけい》がいいきったので、ぼくはひとまずほっとした。

弁慶《べんけい》はつづけていった。

「たしかに、あの鬼《おに》たちはいくさにいくところではありますが、あいてはわれらではございませぬ。あいては……。」

弁慶《べんけい》がそこまでいったとき、ぼくは大《おお》きな声《こえ》でいった。

「あっ、わかった！　鬼《おに》たちの合戦《かっせん》のあいては桃太郎《ももたろう》だね！」

すると、弁慶《べんけい》はたづなをもったまま、あきれたような目《め》でぼくを見《み》た。

「わがとの。よくごらんなさりませ。あのように鬼《おに》たちがさけんでいるということは、鬼《おに》たちの合戦《かっせん》のあいてはすぐ近《ちか》くにせまっているというあかしでござる。わがとの、どこ

かに、いぬや、さるや、きじが見《み》えますか？　見《み》えないでしょう？　だとすれば、鬼《おに》たちのあいては桃太郎《ももたろう》ではないということでございます。」
たしかに、雲《くも》にのった鬼《おに》たちがとつげきしていくさきに、いぬやさるやきじのすがたは見《み》えない。
「じゃあ、あいてはだれなんだ？」
ぼくがそういうと、弁慶《べんけい》はあたりまえのようにこたえた。

「豆《まめ》でござります！」

「豆《まめ》？」

「さよう。豆《まめ》でござります。」

ぼくはわけがわからず、さらにたずねた。

「合戦《かっせん》のあいてが豆《まめ》って、それ、どういうこと。」

「ろんよりしょうこ。それでは、鬼《おに》たちに近《ちか》よってみましょう！」

弁慶《べんけい》はそういうと、

「いくぞ、のぼり丸《まる》！」

とかけ声《ごえ》をかけて、走《はし》りだした。

ふと気《き》づくと、弁慶《べんけい》の手《て》から、のぼり丸《まる》のたづながはなれている。
「わっ！」
と声《こえ》をあげ、ぼくがたづなをつかむと、のぼり丸《まる》はぐっと顔《かお》をあげ、走《はし》りだした……、いや、空《そら》をおよぎだした。

とつげきしていく鬼《おに》たちの雲《くも》においついたところで、四角《しかく》くて、黄色《きいろ》い雲《くも》がせまってくるのが見《み》えた。

四角《しかく》い雲《くも》はだんだん大《おお》きくなっていく。ものすごいスピードでこっちにむかってきているのだ。

どうやら大将《たいしょう》らしく、金色《きんいろ》のじんばおりをきた赤鬼《あかおに》がふとい鉄《てつ》のぼうをふりまわして、さけんでいる。

「わーっ！　ものども、ひるむな！　今年《ことし》こそ、あの雲《くも》をぶちやぶるのだ！」

弁慶《べんけい》がふりむいて、

「わがとの、頭《あたま》をさげ、よろいのそででお顔《かお》を！」

といったとき、四角《しかく》い雲《くも》の中《なか》から、どっとなにかがとびだし

てきた。
それははじめふん水《すい》の
ように見《み》えたが、
ちがった。

豆《まめ》だ！
ものすごい数《かず》の豆《まめ》が
黄《き》色《いろ》い雲《くも》からとびだし、
鬼《おに》たちに直球《ちょっきゅう》でぶつかっていく！

鬼《おに》の雲《くも》のすぐうしろにいたぼくたちにも、ビシバシ、豆《まめ》がぶつかってくる。バラバラと音《おと》をたて、のぼり丸《まる》の顔《かお》にあたる。ぼくのかぶとにもあたる。

ぼくは、左《ひだり》のよろいのそでで顔《かお》をかくしながら、右手《みぎて》でのぼり丸《まる》のたづなをひき、まえにすすむのをとめた。

よろいのそでに、豆《まめ》がバシバシあたってくる。

鬼《おに》の大将《たいしょう》の声《こえ》がなき声《ごえ》になっている。

「だめだ！　今年《ことし》もまけだ！　ものども、ひけーっ、ひけーっ！」
鬼《おに》の雲《くも》がぼくたちの上《うえ》をとびこえて、もときたほうににげていく。ようしゃなく、四角《しかく》い雲《くも》はマシンガンのように豆《まめ》を鬼《おに》たちにあびせかけながら、おいかけていく。
鬼《おに》たちと、それをおいかけていく四《し》角《かく》い雲《くも》が遠《とお》くにいってしまったとき、ぼくは弁慶《べんけい》にいった。
「あれって、もしかして、せつぶん？」

弁慶《べんけい》が大《おお》きくうなずいた。

「さようでござりまする。あの黄色《きいろ》い雲《くも》は、豆《まめ》のますで、その名《な》を〈鬼《おに》たいじします〉ともうします。」

大蛇《だいじゃ》、初《はつ》もうで蛇《じゃ》のつぎは鬼《おに》たいじしますと鬼《おに》たち。初《はつ》もうで、せつぶんとつづけば……、つぎはひなまつりか……。

ぼくがそう思《おも》ったとき、やぶからぼうに、いや、やぶからぼうじゃなくて、いつのまにかすぐ近《ちか》くにきていた赤《あか》い雲《くも》からぼうじゃなくて、声《こえ》がきこえた。

「そこにおわすは源氏《げんじ》の大将《たいしょう》、源《みなもとの》九郎判官義経公《くろうほうがんよしつねこう》なるや？」

見《み》れば、雲《くも》の中《なか》から、若《わか》い男《おとこ》が顔《かお》を出《だ》している。

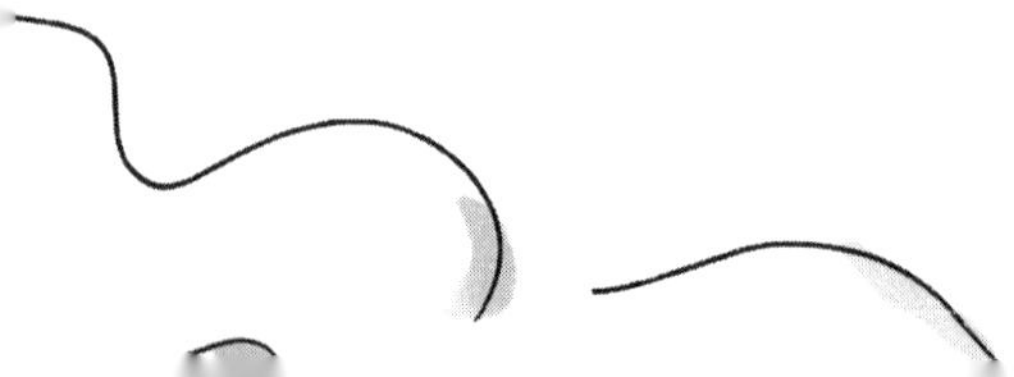

弁慶《べんけい》が小《ちい》さな声《こえ》でぼくにいった。

「あれは平家《へいけ》の右大臣《うだいじん》ですぞ！」

平家《へいけ》かどうかわからないけど、それが右大臣《うだいじん》だということはぼくにもわかった。

ぼくはひとりっ子《こ》で、うちには女《おんな》の子《こ》はいないけれど、毎年《まいとし》、ママはひなにんぎょうのフルセットをうちのリビングルームにかざる。赤《あか》い雲《くも》から顔《かお》を出《だ》しているのは、うちのひなにんぎょうの右大臣《うだいじん》によくにている。ちがうのは大《おお》きさで、うちのよりずっと大《おお》きくて、弁慶《べんけい》よりはいくらか小《ちい》さい。

「あらわれたな！　まっておったぞ！」

といったのは、ぼくではない。弁慶《べんけい》だ。

弁慶《べんけい》はぼくに、

「わがとの、いよいよ合戦《かっせん》でござりまするぞ！」

というと、いきなりジャンプして、赤《あか》い雲《くも》の上《うえ》にとびのった。そして、

「われこそは源九郎判官義経公《みなもとのくろうほうがんよしつねこう》の一《いち》のけらい、武蔵坊弁慶《むさしぼうべんけい》なりーっ！」

と名《な》のりをあげたのだった。

こうして、源氏対平家《げんじたいへいけ》の合戦《かっせん》がはじまった。

弁慶《べんけい》が赤《あか》い雲《くも》にとびのると、すぐに、左大臣《さだいじん》もあらわれ、長《なが》い刀《かたな》をぬいて、弁慶《べんけい》におそいかかった。

ふたりの大臣《だいじん》あいてに、なぎなたをふりまわす弁慶《べんけい》！

にんぎょうしばいを見《み》ているみたいで、わくわくする……、なんて思《おも》っていたら、すぐにそんなばあいじゃなくなってきた。

赤《あか》い雲《くも》から三人官女《さんにんかんじょ》があらわれたのだ！

べつに、三人官女《さんにんかんじょ》なんて、かわいくていいと思《おも》うかもしれないけれど、それは手《て》にもっているものにもよる。その三人《さんにん》官女《かんじょ》はうちのひなにんぎょうとちがって、みな、ぼくにむけ

て、弓《ゆみ》をかまえているのだ。

ぼくは右手《みぎて》で刀《かたな》をぬき、大声《おおごえ》で、

「われこそは、源義朝《みなもとのよしとも》の子《こ》、九郎判官義経《くろうほうがんよしつね》なりーっ!」

と名《な》のりをあげた……。

けれども、名《な》のってから、義経《よしつね》のパパって、義朝《よしとも》っていうのかあ……と、じぶんがそんなことを知《し》っていることをふしぎに思《おも》った。

源義経《みなもとのよしつね》だけなら、けっこう有名《ゆうめい》な人《ひと》だから、名《な》まえだけは知《し》っていたけど、もちろん、ぼくのうちは源《みなもと》っていうみょうじじゃないし、ぼくは義経《よしつね》っていう名《な》まえじゃない……。

でも、そんなことをうじうじ考《かんが》えているときではなかった。

三人官女《さんにんかんじょ》がぼくにむかって、いっせいに矢《や》をはなってきたからだ！

ヒュン、ヒュン、ヒュン……。

ぼくは思《おも》わず、鬼《おに》たいじしますのときとおなじように、左《ひだり》のよろいのそでを顔《かお》にかざした。そして、右《みぎ》手《て》でこしの刀《かたな》をぬくと、

「のぼり丸《まる》。とつげきだーっ！」

と声《こえ》をはりあげた。

「ヒヒーン！」

いせいよくのぼり丸《まる》がいなないた。

じぶんじゃ、じぶんが見《み》えないけど、そばでだれかがぼくを見《み》ていたら、あまりのかっこうよさに、写《しゃ》メして、友《とも》だちにおくっちゃいたくなるんじゃないだろうか……、なんて、思《おも》ったとき、近《ちか》くで三度《ど》いやな音《おと》がした。

ブスッ、ボスッ、バスッ！

つづいて、ぼくの顔《かお》の近《ちか》くで二度《ど》。

バシッ、ビシッ！

あとの二度《ど》はなんの音《おと》だか、すぐにわかった。

ぼくのよろいのそでに、矢《や》があたったのだ。

ということは、さいしょの三度《ど》は……。

「わっ！」

ぼくは思《おも》わず、声《こえ》をあげた。

ぼくがまたがっているのぼり丸《まる》のせなかが一か所《しょ》、やぶれているではないか！　矢《や》がつきぬけたにちがいない。

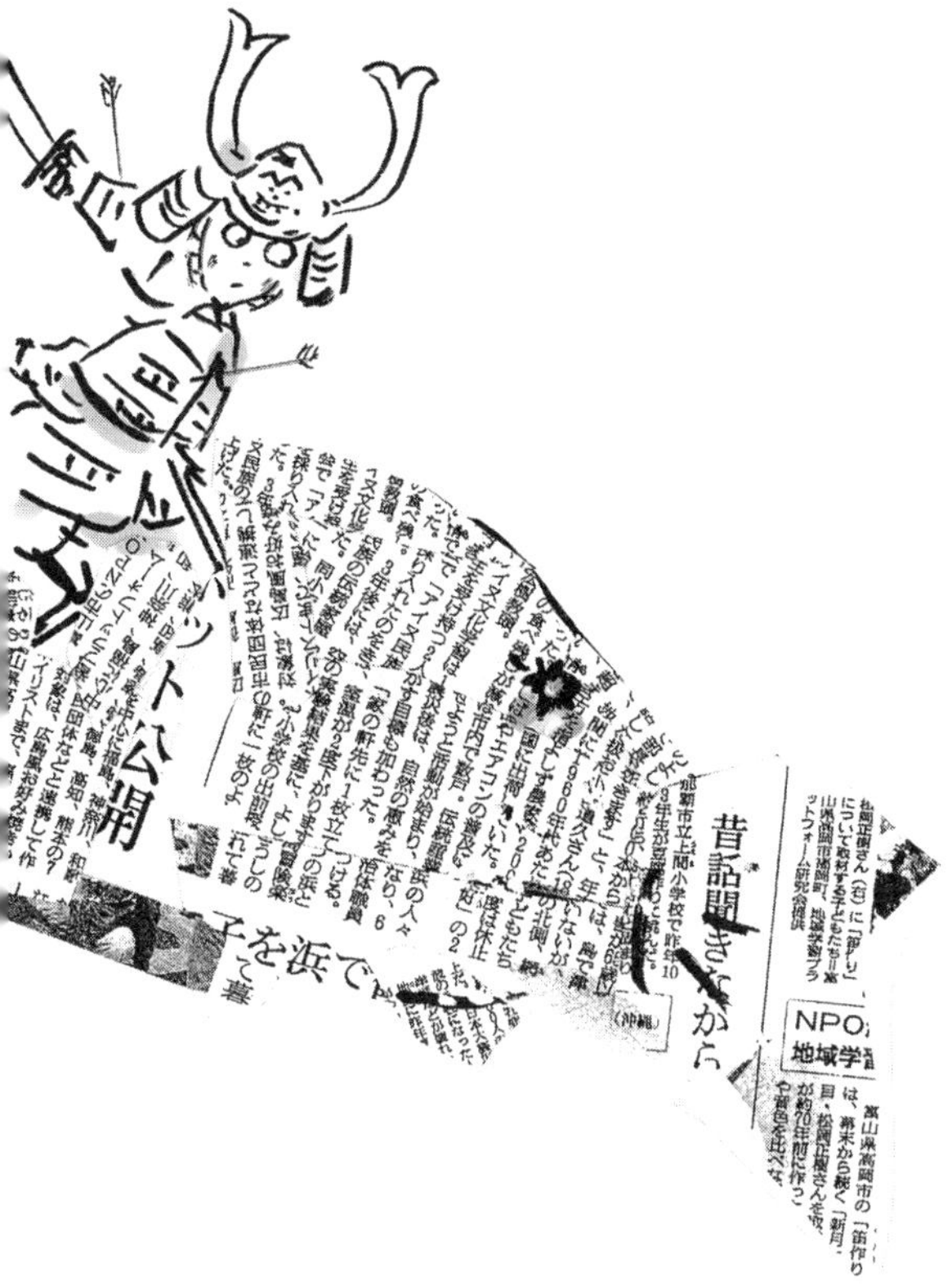

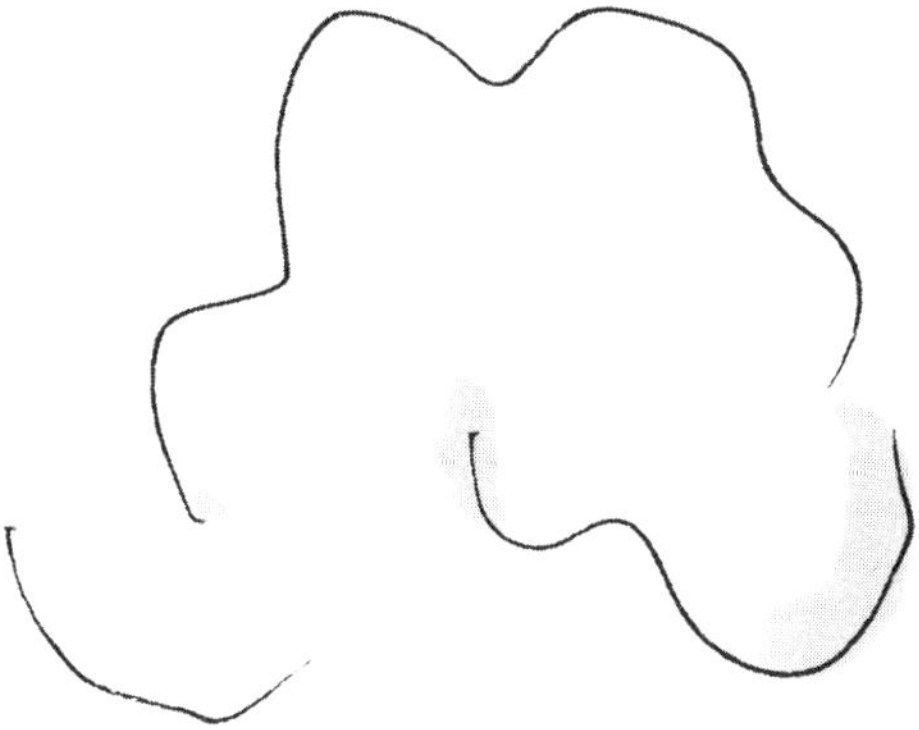

そのあなは、ブスッ、ボスッ、バスッのうちの、どれかでできたものにちがいない。だとすれば、ほかにもあと二本《ほん》、矢《や》がのぼり丸《まる》の体《からだ》にあなをあけたことになる。

こいつら、本気《ほんき》じゃないか！

ぼくがそう思《おも》って、弁慶《べんけい》のほうに目《め》をやると、弁慶《べんけい》は赤《あか》い雲《くも》の上《うえ》で、右大臣《うだいじん》、左大臣《さだいじん》だけではなく、五人《ごにん》ばやしにかこまれ、七人《にん》あいてにくせんしている。もちろん、五人《ごにん》ばやしは楽器《がっき》のかわりに、なぎなたや刀《かたな》を手《て》にしている。なかにひとり、くさりがまをふりまわしているやつもいる。

見《み》れば、その雲《くも》のとなりに、もうひとつ小《ちい》さな赤《あか》い雲《くも》があり、そこからだれかがふたり、顔《かお》を出《だ》している。

おだいりさまに、おひなさまだ！

おだいりさまがいったん顔《かお》をひっこめた。けれども、すぐにまた弓《ゆみ》と矢《や》を手《て》にしてあらわれた。そして、矢《や》を弓《ゆみ》につがえ、ぎりぎりとひきしぼって、うしろから弁慶《べんけい》をねらいだした。

「あぶない！　弁慶《べんけい》！」

ぼくがさけんだときにはもう、おだいりさまの弓《ゆみ》からは矢《や》がはなたれていた。

とっさにふりむいた弁慶《べんけい》は、

「えいやっ！」

となぎなたをふりおろし、とんでくる矢《や》をはらいのけたが、そのすきに、五人《ごにん》ばやしのぶきがいっせいに弁慶《べんけい》におそいかかった。

　これはたまらぬ、とばかりに、弁慶《べんけい》はとびのいて、ぼくのそばにもどってきた。そして、

「わがとの。たぜいにぶぜい、しかもてきは、ひきょうに

も、とび道具《どうぐ》をつかってまいりました。ざんねんではござりますが、今年《ことし》はひとまず、ひきましょう！」

といって、のぼり丸《まる》のたづなをにぎり、すたこらすたこら、かけだした。

ひなまつりの軍勢《ぐんぜい》はぼくたちをおいかけてきはしなかった。

まず、ぼくたちはピンクの雲《くも》をつきぬけた……、といっても、中《なか》に入《はい》って、気《き》づいたのだけれど、それは雲《くも》じゃなくて、ものすごい数《かず》のさくらの花《はな》びらだった。そのあと、いきなり雨《あめ》がふりだして、ぼくたちは小《ちい》さな雲《くも》の下《した》で雨《あま》やどりした。

ためしに、雲《くも》の上《うえ》に足《あし》をついてみたら、歩《ある》けるので、ぼくはのぼり丸《まる》のせなかからおりて、のぼり丸《まる》の体《からだ》をあちこちしらべた。

やはり、のぼり丸《まる》には六か所《しょ》、あながあいていた。矢《や》があ

たったところと、つきぬけて
いったところだ。
　雨《あま》やどりしながら、ぼくは、
雲《くも》の下《した》で雨《あま》やどりするより、
雲《くも》の上《うえ》にあがっちゃったほうが
いいんじゃないかって、
そんなふうに思《おも》ったけれど、
弁慶《べんけい》には弁慶《べんけい》の考《かんが》えがあって
そうしてるんだろうから、
意見《いけん》はいわずにおいた。

ほかにきずはないかと、ぼくがのぼり丸《まる》の体《からだ》をしらべていると、弁慶《べんけい》は、

「だいじょうぶでござる。こいは強《つよ》い魚《さかな》でござるからな。」

といったけれど、こいは強《つよ》くても、新聞紙《しんぶんし》はそんなにじょうぶじゃないから、ぼくはしんぱいになった。

ガムテープをもってくればよかったなあ……。

ぼくがそんなふうに思《おも》っていると、だれかがふたり、ならんで、ぼくたちのそばをとおりすぎていった。

おだいりさまとおひなさまが

おいかけてきたのかと思《おも》ったけれど、きているものがびみょうにちがった。

なんと、それは七夕《たなばた》のひこぼし、おりひめではないか。

さらにそのあとに、とおっていったのは、人間《にんげん》の体《からだ》くらいある巨大《きょだい》なきゅうりとなすだった。両方《りょうほう》とも、四本《ほん》の足《あし》のかわりに、四本《ほん》のぼうをさしていた。

だれものっているようすはなかったけれど、それがおぼんのかざりだということがわかるだけに、のっている人《ひと》のすがたが見《み》えないのがかえってぶきみだった。

一月《がつ》からはじまって、ぼくたちが八月《がつ》までできたことは、はっきりしていた。でも、四月《がつ》のさくらの雲《くも》のつぎは六月《がつ》のつゆの雨《あめ》で、五月《がつ》がなかったことがふしぎだった。それで、ぼくは、遠《とお》くにさっていくきゅうりとなすを見《み》おくっている弁慶《べんけい》にきいてみた。

「ねえ、弁慶《べんけい》。五月《がつ》がなかったけど、どうしてかな。」

すると、弁慶《べんけい》はぼくのほうにふりむいて、こたえた。

「それは、こうして、わがとのと、のぼり丸《まる》とこの弁慶《べんけい》が五月《がつ》をやっておりますからな。ほかに五月《がつ》はないのでございます る。」

「あ、そういうことか……。」

とぼくはなっとくした。
そのうち、大風《おおかぜ》がふきだしたので、ぼくはのぼり丸《まる》にしがみついたけれど、そんなのはむだで、たちまち、ぼくとのぼり丸《まる》と弁慶《べんけい》は遠《とお》くにふきとばされた。
それは九月《がつ》の台風《たいふう》だったのだ。

大風《おおかぜ》がやむと、いきなり、大小《だいしょう》さまざまのかぼちゃがとんできて、どこかにとびさっていった。どのかぼちゃにも、目《め》や鼻《はな》や口《くち》の形《かたち》にあながあけられていた。かぼちゃにまざって、がいこつがひとり、とんできて、とんでいった。

もちろん、ハロウィンの団体飛行《だんたいひこう》だ。

十月《がつ》のかぼちゃたちがいってしまうと、日《ひ》がくれかかり、あっちこっちに赤《あか》やオレンジ色《いろ》や黄色《きいろ》い雲《くも》がむくむくとわきだした。さいしょ、ぼくは、夕《ゆう》やけで雲《くも》がそんな色《いろ》になっているのかと思《おも》ったけれど、よく見《み》ると、そうではなかった。赤《あか》やオレンジ色《いろ》や黄色《きいろ》い雲《くも》は、色《いろ》づいたもみじの葉《は》っぱでできているのだ。

CHOCOLATE

もみじの雲《くも》はつぎからつぎに、たくさんあらわれてはきえていった。そして、さいごのひとつがきえたときはもう、夜《よる》になっていた。空《そら》に星《ほし》がまたたきだした。

すると、どこからともなく、リンリンとすずの音《ね》がひびいてきた。

ひなまつりとの一戦《いっせん》にやぶれてから、なんとなく元気《げんき》をなくしていた弁慶《べんけい》が、

「ややや っ！　クリスマスでござるぞ、わがとの！　あのサンタクロースのそりにおいこされたら、クリスマスプレゼントはもらえませんぞ。」

とさけんで、音《おと》のするほうを指《ゆび》さした。

いつのまにか、雪《ゆき》がふりだしていた。トナカイたちのひく
そりが雪空《ゆきぞら》をとんでいく。サンタクロースだ！

ぼくはのぼり丸《まる》にとびのり、
弁慶《べんけい》に声《こえ》をかけた。
「帰《かえ》ろう、弁慶《べんけい》！」
弁慶《べんけい》がのぼり丸《まる》の
たづなをもって、かけだした。
うしろからきこえるすずの音《ね》が
なんども大《おお》きくなっては、
また小《ちい》さくなっていった。
ぼくたちはなんども
サンタクロースに
おいこされそうになったのだ。

五度目《どめ》か六度目《どめ》に音《おと》が大《おお》きくなったとき、ぼくたちの町《まち》のあかりが見《み》えてきた。

ぼくのうちのマンションが見《み》える。

弁慶《べんけい》がうちのマンションにむかって、とっしんしていく。

あと十メートル、五メートル、三メートル、二メートル、一メートル……。

ガッツーン！

ベランダにとびこんだとき、ものほしざおがぼくの頭《あたま》にあたり、かぶとがとんだのがわかった……。

でも、わかったのはそこまでで、ぼくはそこで気《き》をうしなってしまった。

「こんなところで、よろいをきちゃって、ひるねなんか……。」
というママの声《こえ》で、
ぼくは目《め》をさましました。
いつのまにか、
ぼくはよろいをきて、
ベランダでひるねをして、
ゆめを見《み》たのだろうか……。

ちがう！　ゆめじゃないっていうしょうこがいくつかあるんだ。

まず、パパが作《つく》った新聞紙《しんぶんし》のこいのぼりだけど、体《からだ》に六か所《しょ》、小《ちい》さなあながあいていた。もちろん、ぼくは上《うえ》から紙《かみ》をはって、なおしたけれど。

それから、かざりなおすときに気《き》づいたんだけれど、よろいのそでに二本《ほん》、小《ちい》さな矢《や》がささっていた。

もうひとつ、たんすの上《うえ》の黒《くろ》いまねきねこ。弁慶《べんけい》のいしょうや道具《どうぐ》は身《み》につけておらず、もとどおり、赤《あか》い首輪《くびわ》をして、小《こ》ばんをかかえている。でも、しっぽのさきに、緑《みどり》のリボンのかかった赤《あか》い箱《はこ》みたいなものをつけているんだ。小《こ》ばんや首輪《くびわ》とおなじで、とりはずしはできない。そんなものはついてなかったはずなのに。

弁慶《べんけい》のやつ、ぼくが気《き》ぜつしているあいだに、じぶんだけサンタクロースから、プレゼントをもらったんだな……、なんて思《おも》うのは弁慶《べんけい》にしつれいだ。

ぼくのかわりに、サンタクロースからもらっておいてくれたにきまっている！

だって、ぼくと弁慶《べんけい》はひなにんぎょうたちをあいてに、いのちがけの合戦《かっせん》をして、一年《ねん》いっしょに旅《たび》をしたあいだがらだからだ。弁慶《べんけい》がぼくをうらぎるわけがない。

それからぼくはときどき、弁慶《べんけい》に話《はな》しかけているけれど、今《いま》のところ、弁慶《べんけい》はしらばっくれていて、へんじをしない。

そうそう、もとどおり小《ちい》さくなったのぼり丸《まる》だけど、きちんとたたんで、ぼくのつくえのひきだしに、しまってある。
よろいとかぶとのセットは、おじいちゃんのうちに、あず
かってもらっている。

（おわり）

皐月《さつき》
May《メイ》

# 5月のまめちしき

「5月」にちょっぴりくわしくなるオマケのおはなし

## なぜ、こいをかざるの？

五月五日《がついつか》は、「こどもの日《ひ》」です。

このおはなしの中《なか》で、おじいちゃんがいっていたように、「端午《たんご》の節句《せっく》」ともよばれます。

こどもの日《ひ》には、むかしから、庭《にわ》などに柱《はしら》をたてて、こいのぼりをかざる風習《ふうしゅう》があります。それは、知《し》っていますよね。

では、なぜ、ほかの魚《さかな》ではなくて、こいをかざるのでしょう？

これは、「登竜門《とうりゅうもん》」という、中国《ちゅうごく》の伝説《でんせつ》からきています。中国《ちゅうごく》には、黄《こう》河《が》という巨大《きょだい》な川《かわ》がありますが、そこに「竜門《りゅうもん》」という、流《なが》れのとてもはげしい場所《ばしょ》がありました。あまりにもはげしいので、そこを登《のぼ》りきったこいは、竜《りゅう》になることができる、とまでいわれたのです。そんなこいのように、子《こ》どもがりっぱにそだつことをねがって、こどもの日《ひ》に、こいのぼりをかざるようになったのです。

これも、おじいちゃんがいっていたことですが、こどもの日《ひ》はもともと、男《おとこ》の子《こ》のための日《ひ》でした。だから、むかし、戦《いくさ》のときに武士《ぶし》が身《み》につけていた、よろい、かぶとをかざるのです。

でもいまは、「こどもの日《ひ》」は、男女《だんじょ》にかんけいなく、子《こ》どもみんなの日《ひ》です。だから、女《おんな》の子《こ》のこいをかざる家《いえ》もあるんですよ。

# こどもの日《ひ》、どっちを食《た》べる？

五月五日《がついつか》は、こいのぼりをかざるだけではありません。こどもの日《ひ》に、きまって食《た》べるものがありますね。まず、かしわもち。これは、あんこの入《はい》ったおもちを、えんぎのいい、かしわの葉《は》っぱでつつんだ、日本《にっぽん》のおかしです。

それから、ちまき。これは、もち米《ごめ》などで作《つく》っただんごを、ささの葉《は》などでつつんだものです。もともとは、中国《ちゅうごく》のおかしでした。

それから、しょうぶという草《くさ》を、おふろにうかべて入《はい》るのも、五月五日《がついつか》の風習《ふうしゅう》です。しょうぶには、まよけの力《ちから》があるそうです。なんだか、元気《げんき》になりそうですね！

※東日本《ひがしにほん》ではかしわもち、西日本《にしにほん》ではちまきを食《た》べることが多《おお》いようです。

# 五月五日《がついつか》は、「ウマの日《ひ》」？

ほとんどの人《ひと》は、「わたしはうさぎ年《どし》生《う》まれ」というように、自分《じぶん》が何年生《なにどしう》まれかを知《し》っていますよね。年賀《ねんが》状《じょう》に、「十二支《じゅうにし》」の動物《どうぶつ》の絵《え》をかく人《ひと》も多《おお》いでしょう。

十二支《じゅうにし》は、むかしの中国《ちゅうごく》で考《かんが》えだされました。いまは、年《とし》のことをさして使《つか》うことが多《おお》いですが、じつは、月《つき》、日《ひ》にち、時刻《じこく》などをあらわすためにも使《つか》われていました。

たとえば「端午《たんご》」というのは、その月《つき》のいちばん初《はじ》めの午《うま》（馬《うま》）の日《ひ》、という意味《いみ》の言葉《ことば》です。そしていつしか、五月五日《がついつか》の行事《ぎょうじ》のことを「端午《たんご》の節句《せっく》」というようになったのです。ほかにも、夏《なつ》にウナギを食《た》べる「土用《どよう》の丑《うし》（牛《うし》）の日《ひ》」や、十一月《がつ》のお祭《まつ》り「酉《とり》（鶏《にわとり》）の市《いち》」のような言葉《ことば》もあります。十二支《じゅうにし》の動物《どうぶつ》たちは、身近《みぢか》な行事《ぎょうじ》のなかにかくれているんですね。

斉藤 洋｜さいとう ひろし

1952年、東京都生まれ。中央大学大学院文学研究科修了。亜細亜大学教授。1986年、『ルドルフとイッパイアッテナ』で講談社児童文学新人賞受賞、同作でデビュー。1988年、『ルドルフともだちひとりだち』で野間児童文芸新人賞受賞。1991年、路傍の石幼少年文学賞受賞。その他、『ルドルフとスノーホワイト』、「ペンギン」シリーズ、「おばけずかん」シリーズなどがある。

高畠 純｜たかばたけ じゅん

1948年、愛知県生まれ。愛知教育大学美術科卒業。1983年、『だれのじてんしゃ』でボローニャ国際児童図書展グラフィック賞、2004年、『オー・スッパ』で日本絵本賞、2011年、『ふたりのナマケモノ』で講談社出版文化賞絵本賞を受賞するなど、イラストレーター、絵本作家として活躍している。「ペンギン」シリーズなど、斉藤洋氏とのコンビによる作品も多い。

装丁／坂川栄治＋永井亜矢子（坂川事務所）
本文 DTP ／脇田明日香

飛《と》べ！　マジカルのぼり丸《まる》

2013 年 3 月 25 日　第 1 刷発行
2020 年 1 月 7 日　第 3 刷発行

作　斉藤《さいとう》 洋《ひろし》
絵　高畠《たかばたけ》 純《じゅん》
発行者　渡瀬 昌彦
発行所　株式会社講談社
〒 112-8001 東京都文京区音羽 2-12-21
電話　編集 03-5395-3535　販売 03-5395-3625　業務 03-5395-3615
印刷所　共同印刷株式会社
製本所　島田製本株式会社

N.D.C.913 79p 22cm　© Hiroshi Saitô / Jun Takabatake 2013 Printed in Japan　ISBN978-4-06-195741-1